꿈꾸는 나라로

이태수 시집

문학세계사

ㅁ시인의 말

2020년 한 해의 작품들로
열일곱 번째 시집을 묶는다.
코로나 바이러스뿐 아니라
한 번도 경험해 보지 못한 세태도
마음 아프고 무겁게 했다.
이 터널을 벗어나서 다시 새롭게
가고 싶은 길로 나아가고
더불어 따스해지는 세상이
오기를 간절히 기대한다.

2021년 벽두에

이태수

ㅁ차례

I

II

Ⅲ

Ⅳ

나를 기다리며

내가 나를 기다리는 동안
바람이 옷자락을 흔들다 간다
비행기 한 대가 아득히 멀어진다
어느 하늘 아래 떠돌고 있는지
돌아올 수 없어서 그런지

나는 돌아오지 않는다

내가 나를 기다리는 동안
새 한 마리가 날아왔다 간다
나는 다가오다 말고 되돌아간다
허공에 멀겋게 떠 있는 낮달
해가 서산 위에 기울어도

나는 돌아오지 않는다

내가 나를 기다리는 동안

참다 못해 찾아 나서 보아도
끝내 내가 나를 만나지 못하면
그대로 되돌아오라는 것인지
나를 목마르게 불러 봐도

나는 돌아오지 않는다

어느 날

구름이 앞산마루를 넘어간다
뜬생각들을 저 뜬구름에
실어 보내고 싶다
가서 다시는 안 돌아오면 좋겠다

창 너머 멧새 한 마리가
배롱나무 가지에 앉아 지저귄다
배롱꽃들이 더러는 지고 있다

며칠째 칩거, 아직은 며칠 더
바깥세상에는 나가고 싶지 않다
멧새는 뭐라고 지저귈까

눈 감고 또 내 속으로 들어간다
내가 어디 갔는지
오늘 역시 보이지 않는다
눈 뜨니 허공에 내가 떠 있다

범종梵鐘 소리 2

범종 소리에 귀를 가져가면

내가 그 소리 안에 든다

내가 그 소리에 감싸여 솔숲을 지난다

멀리 갈수록 희미해지는 것은

범종 소리뿐 아니라 나도 마찬가지다

멀리서 희미하게 나를 부르는

저 소리는 솔숲을 거스르며 가듯 말 듯

범종 속으로 되돌아간다

내가 다시 그 바깥을 떠돈다

침묵과 말

말은 침묵의 보푸라기일까
내가 하는 말은
침묵에서 보푸는 보풀의 날개 같다

한갓 그 보푸라기들을 드러낸다
흐르는 물 위의 음표같이
이내 이지러지고 지워져 버린다

연원이 침묵인 말들은 어김없이
침묵으로 되돌아가고 만다
잎들이 나무에 매달리다 지듯이

회화나무의 작은 잎사귀들과 같이
내가 하는 말은
저 나무에 매달려 흔들린다

허공虛空

내리막길을 가다가
날아오르는 새들을 바라본다
오르막길을 걷다가
발치의 낙엽들을 내려다본다

맞은쪽에서 다가오던 사람이
돌아보니 멀어진다
내리막길을 한참 걸어가는데
다시 오르막길이다

오르고 나면 내려가야 하고
내려가다가는 다시 올라가야 한다

이 길은 위아래도 없이 아득하다
마냥 허공을 떠도는 것 같다

다시 고엽枯葉

그 뜨겁던 여름 가고 어느덧
나뭇잎들이 발치에 떨어진다
머잖아 북풍이 불면
새봄은 꽃들 데리고 산 넘어
물 건너 다시 돌아올 테지만

시간은 어김없이 무정하게 간다
더도 덜도 말고 제걸음으로 간다
붙잡아도 막아서도 그대로 간다

상처를 어루만지며
등 돌리고 떠나는 사람을 바라본다
이젠 이골이 나서 무덤덤할 뿐
세상이 그렇거니 하며 마음 달랜다
우수수 지는 낙엽들

문득 이브 몽땅이 부르는 〈고엽〉이

낙엽과 어우러지며 가슴을 파고든다
이 환상에 젖어 그대로 있고 싶다

해 기울고 저녁노을이 슬린다
감나무 가지에는 까치밥 서넛
부러운 저 환한 여유,
또 등진 채 떠나가는 사람의
뒷모습을 속절없이 바라본다

물, 물소리

물소리에 시름을 실어본다

바위와 돌 사이로 낮게 흘러가는 물,
소나무에서 소나무로 옮아앉으며
지저귀는 새들과
바람소리, 그 소리 너머로 떠가는
뜬구름 몇 자락,
고해성사를 하듯 무릎 꿇고 앉아
아래로, 아래로 가는 물을 바라본다

은어비늘같이 파닥거리는
솔잎과 솔잎 사이의 햇살

저만큼 물끄러미 허리 굽힌 채 서서
내려다보고 있는 노송 한 그루,
솔방울이 떨어지고
새들이 허공 속으로 날아오른다

꿈결 같은 물소리,
나도 지그시 눈 감고 따라간다
반눈을 뜨고 마음 가라앉히고 있으면

시름들이 물소리에 떠 있다

봄 마중 1

눈길을 걸으면서 봄을 기다린다

빈 나뭇가지에 앉아 지저귀는
작은 새가 왜 이리 마음 설레게 할까

나무들 사이 눈을 헤집으며
봄을 끌어당기고 있는 눈새기꽃들

노란 꽃잎들이 가슴 두근거리게 한다

이렇게 두근거리고 설레는 까닭은
애타게 봄을 기다려서일까

눈새기꽃에 눈을 떼지 않아서 그런지
새도 그 자리에서만 지저귄다

눈감고 지레 봄을 끌어안아본다

봄 마중 2

동안거 마친 물소리

오는 봄이 가까이 머뭇거린다

귀를 활짝 열고

밝아진 물소리를 따라 나선다

새 소리들이 환하다

다시, 페튜니아

틈나면 마음 끼얹던 페튜니아들이
새봄이 왔는데도 보이지 않는다
봄부터 여름까지 나를 불러내던

지난해 그 천사들은 다 어디로 갔을까

아무의 손길도 닿지 않아서일까
서재의 앞뜰이 텅 빈 것만 같다

나의 외곬 성향 때문이기만 할까
팬지, 튤립, 데이지, 은방울꽃이
손짓해도 마음이 끌리지 않는다

별꽃, 제비꽃, 양지꽃, 금잔화가
야단법석, 가세하는데도 이다지

페튜니아들 생각뿐이니 왜 이런 것일까

오늘은 서둘러 꽃가게를 찾아가
손수 페튜니아들을 데리고 와서
서재의 앞뜰이 환하게 가꿔야겠다

벚나무 아래서

잎보다 먼저 꽃이 핀다

잎이 돋기도 전에 꽃이 진다

이른 봄날 한나절 벚나무 아래 앉아

돋아나는 잎들을 기다린다

돌아보면 지나간 날들은 꽃잎 같고
마주치는 날들은 빈 나뭇가지 같다

잎이 무성하더라도 한때뿐

비바람 불고 다시 눈보라 지나가면
벚나무 아래서 또 서성거리게 될까

잎이 오기 전에 꽃이 가면

지난날은 꽃잎 같았다고 되뇌겠지

빈 벚나무처럼 우두커니 서서

가는 세월을 바라본다

풀꽃

마음 스산해 홀로 산길에 들어선다
하늘로 팔을 뻗는 전나무 아래
풀꽃들이 앙증스럽게 피어 있다

날벌레들이 날아들어 치근거리고
멧새들이 노래를 끼얹어 주다 날아간다
풀꽃들은 귀엣말만 하고 있는지,

저희들끼리 서로를 다독이는지,
바람 불어오면 잠깐 미동할 뿐
은밀한 저희 세상을 끌어안고 있다

풀잎 하나

깊은 산골짜기 밀림에 깃들면

찰나와 영원이 하나 같다

지나간 시간도 다가오는 시간도

함께 어우러져 있는 것만 같다

울창한 나무 그늘에서 흔들리는

나는 조그만 풀잎 하나

꿈꾸다 꿈속에 든 풀잎 하나

여름 포구나무

멀리서 흐릿하게 들려오는 파도 소리
낯선 포구 가까운 마을에 머무는
한여름 한나절,
갓 빨아 넌 옥양목 같은 하늘에
새털구름들이 지워질 듯 떠가고 있다

유리벽에 갇혔던 날들을 잠시 잊고
세상 괴로움도 내려놓아본다
포구나무 그늘,
이 그늘은 꿈결같이 그윽하다
찌르레기들이 날아들어 중창을 한다

불현듯, 까마득히 잊었던 모차르트의
피아노협주곡 제17번 3악장*이
포개져 흐른다
언젠가 마음 너무 무거워 듣던
그 선율이 왜 뜬금없이 되살아나는지

무성한 잎들을 달고 있는 포구나무는
말을 하는 입이 없을 것 같은데
무슨 조화일까,
아무 말 하지 않고 나를 끌듯이
찌르레기들을 불러 모으기 때문일까

단 한 번도 이 마을을 떠난 적 없이
말없는 말을 하는 포구나무의
이 푸근한 그늘,
먼 파도 소리를 지그시 당기듯
나를 붙들어 깃들게 하는 품속 같다

*찌르레기의 지저귐을 바탕으로 작곡했다고 함.

황금비

여름 오후의 사문진 나루

쨍쨍한 하늘 우러러 곧추선
모감주나무 아래서 무아지경에 젖는다
전신을 덮은 황금빛 꽃들이
바람 따라 난분분 나부낀다
뛰어내리는 햇살과 어우러지는 황금비

봄이 와도 서두르지 않다가
봄 지나 피었다 지는 꽃잎들,
이 나무를 황금비 내리는 나무라고
이름 붙인 사람은 누구였을까
왜 무환목이라고도 했을까

열매 속 알맹이들을 불태우는 연기로
악귀를 내쫓기도 했다던가
문득, 겨울 강나루를 지나

모감주 열매 염주를 헤면서 걸어가는
노승의 뒷모습이 떠오른다

꿈결인 듯 내리는 황금비

고요를 향하여

나는 나의 가장 깊숙한 곳,
내면의 고요한 공간으로 내려간다
내려간다기보다 들어서려 한다
그 내면에는 나의
온전한 모습이 자리잡고 있으며
아픔도, 슬픔도, 외로움도, 다정하게
친구가 되어 주고
우울증도 마찬가지일 거라고 믿는다
그렇게 믿으면서 들어서려 한다
들어서려 하기보다
완강하게 안간힘으로 들어간다
한 번도 가 보지는 못한 길이지만
그 고요를 향하여 들어간다

몇 마디의 말

—고요 안에서 존재의 신비를 체험한다(안셀름 그륀)

잊혔던 몇 마디 말이
어두운 길 비추는 등불 같다
먼 세상에서 내리는 섬광 같다

그 말들 위로 하늘이 열린다
눈감으면 어느새 내가
그 말들의 하늘에 들어 있다

나는 마냥 묵묵히 귀 기울인다
하염없이 듣고 있는 이 고요
눈부신 몇 마디의 말

그윽한 풍경

절집 뜨락의 나무들을 흔드는 바람
단풍잎들이 시나브로 흩날린다
서둘러 가까이 뜬 별들은
처마 끝에서 번져 흐르는
풍경 소리에 얼굴 비비는 걸까
먼 마을에서 하나둘 켜지는 불빛들도
느리게 산길을 오르는 것 같다
저녁 예불 소리 더듬으며
가는 것이 어디 그뿐일까
마을 향해 발길을 돌리는데도
어둠살 뒤집어쓰고 있는 구절초들은
예불 소리에 귀를 가져다 대니
발치에 차이는 낙엽인들
무심하게 뒤채기만 할까
풍경 소리가 점점 멀어지지만
하룻밤 머물 마을 또한 낯설진 않다

이태백의 달

호수에 내려온 별들이 아름답다
물 위에 어린 불빛들도 아름답다
물 속의 둥근 달은 더 아름답다

술에 젖어 그리 보이는 걸까
해종일 보고 싶지 않은 것들과
진절머리 나도록 마주쳐서 이럴까
보고 싶은 것들은 멀리 갔다가
해 진 뒤에야 돌아오는 걸까

늦은 밤 호숫가에 홀로 앉아
어둠속의 풍경들을 그러안는다
술잔 안에 이태백의 달이 뜬다

무장산鍪藏山 계곡

낮은 데로 흐르는 계곡 물은
은피리를 품는다고 했던가
누군가
눈을 감고 가만히 귀 열면
피리소리도 들린다고 했던가

무장사*를 뒤로하고 내려오는 길에
밀잠자리들이 앞서 난다
물소리를 따라 천천히 걷는 동안
황혼의 나무 그림자들이
느릿느릿 발길을 거둬들이고 있다

맑고 깨끗한 마음의 근원은
오르는 데 있지 않다고,
누군가
물이 흐르는 것과 같이
내려가는 데 있다고 했던가

무장산 계곡을 내려오는데
물소리, 은피리, 안 들리는 피리소리,
황혼의 나무 그림자들이 발길을 늦춘다
그윽하게 마음이 맑아지려면 비우고
내려야겠다는 생각도 한다

*경주의 통일신라 사찰로 사지와 복원된 삼층석탑만 남아 있음.

수묵화 속으로

그가 수묵화에서 걸어나온다
두툼한 외투에다 중절모자를 쓰고
잎사귀 다 떨군 떡갈나무 사이로 걸어온다
산자락에는 성글게 흩날리는 눈발

보일 듯 말 듯 나뭇가지를 흔드는
새소리 몇 점, 얼음장 밑의 희미한 물소리
멀리서 끊어질 듯 말 듯 들려오는
풍경 소리와 독경 소리

그는 이 산중 암자에서
얼마간 수행하고 하산하는 것일까
어떻게 비우고 내려놓은 뒤 얼마나 채워서
다시 저잣거리로 내려오는 것일까

담채도 없는 수묵화처럼 담박해서
단 한 마디 말도 붙여볼 수 없을 뿐이지만

그처럼 수묵화 속으로 깃들고 싶다
그는 나오나 나는 들고 싶다

오어사吾魚寺 물고기

오어사 앞의 개울 수면에
물고기 한 마리가 튀어 오른다
원효의 물고기일까, 혜공의 물고기일까

누구의 물고기 후예인지는 알 수 없지만
상류로 치고 오르는 게 훤히 보인다
물길을 거슬러 올라가고 싶은
나는 그저 바라볼 뿐

전설 속의 이 일화를,
그 농담 속 진담이 거느리는
상징을, 한없이 부럽게 바라보는 건
진리탐구의 수행자를 흠모하기 때문이다

지극히 낮추므로 지극히 위대해지거나
불가사의한 신통력을 지녔던
고승들 행적이 눈부시다

고무방

일제 강점기였던 1930년대에
공초*는 대구의 한 주모 집에서
한동안 더부살이를 했다지요
그가 기거하던 방은 아주 비좁아
술상 차리면 몇 사람밖에 앉을 수 없었나 봐요
하지만 때로는 그를 따르는 사람들이 몰려들어
열 사람도 훨씬 넘게 포개지듯이 앉아서
주홍에 젖기 일쑤였다나요
그래서 그 방이 '고무방'이라 불렸다지요
이 방에 얽힌 일화들은 부지기수라고 하는데요
어느 날 공초는 좌중의 주홍을 깨지 않으려고
앉은 채로 방뇨를 했다지 뭐예요
웃어야 할지 말아야 할는지
그 방의 풍경을 떠올려 보세요
그야말로 오래된 일화입니다

*시인 오상순.

분주糞酒

1930년대 후반의 봄날
전라도 시인 박용철, 김영랑이
대구의 이상화 댁을 찾아왔대요
사랑방 담교장에서 교유하며
며칠 새 술 한 동이를 비웠다나요
술이 바닥나고 두 시인과 헤어지기 직전에
이상화는 마신 별미 술 예찬을 했다더군요
누룩, 개피, 감초와 분뇨로 빚어진
만병통치 분주라는 거였지요
몸 약한 사람의 뼈엔 일품이라며
태연하게 파안대소를 했다지만
장난이기만 했을까요

그런데 두 시인의 반응은 가관이었죠
구역질 소동이 벌어질 수밖에요
당시 김영랑은 몸이 쇠약했으며
박용철은 얼마 뒤에 타계했다더군요

조금만 덧붙여 말하면
담교장은 가택수색이 다반사였다네요
일경의 감시가 심한
민족운동과 문학운동의 아지트였거든요
분주 일화는 엽기적인 풍류였다고 해도
빼앗긴 들의 새봄을
열망하던 이상화의 큰 도량과 풍모를
엿보이게 하지 않나요

고월古月

달빛을 끌어당기며 걷는다
옛날의 그 달인지, 외로운 달인지,
유월의 달이 구름을 비끼며 흘러간다
외로운 달이면서 옛날의 달이었던
시인을 그리워하며 걷는다

고양이였던 봄이 가고
그 고양이의 봄도 가고
가면 다시 돌아오지 않는
날들도 한결같은 걸음으로 간다
시인이 간 지 오랜 서성로를 서성대며
"한 마리 고양이를 완전히
살리기 위해 태어나 한 마리 고양이를
완전히 살리고 떠났다"*고 하는
시인의 플래티나 선으로
빚은 고양이 한 마리와
그 봄을 더듬어 간다

그분이 걷던 처마 밑의 길을
느릿느릿 달빛을 쟁이며 걷는다
달이 가는 방향으로 가다가 서다가
타임머신을 타고 거슬러 오르듯
고양이인 봄을 만나러 간다

*시인 공초 오상순의 말.

사라리

경주 사라리에 들어서자
문득 아이스크림 사라리가 생각난다
사라리의 청동기 석곽묘 유물을 떠올리다
오래전에 맛본 시드니 아이스크림이
불현듯이 목마르게 하다니,
희미한 기억 너머의 아이스크림과
풍우에 까마득하게 묻힌 사라리의 옛날은
아무 관계가 없을 텐데 웬일일까,
생각해 봐도 어처구니없다

하늘에는 뜬구름 몇 조각
산마루 위를 가다가 말다가 한다
저 산 너머 있는 박목월의 보랏빛 석산의
눈 맑은 청노루는 어디로 갔을까
사람이 안 보이는 들판에는
허수아비 두엇 우두커니 서 있다
참새 떼도 잠깐 제제거리다가 날아간다

사라리 먹고 싶어지는 사라리에서
허공만 속절없이 바라본다

달에 구름 가듯이

목월은 나그네가 구름에 달 가듯이
간다고 했지만
나는 달에 구름 가듯이 가는 것일까
목월은 청노루
맑은 눈에 도는 구름을 들여다보았지만
나는 고작 하늘의 구름을 올려다보면서
강나루 건너고
고개를 넘는가
산모롱이 돌아 느릅나무 새순을 보아도
술 익는 마을 찾아 도는 나그네가 되어
새봄의 한나절
까닭 모를 목마름으로 서글퍼지는가
갈수록 먼 길을
정처도 없이 떠돌기만 하는 것일까

과동過冬

마지막 잎사귀를 떨구는
벽오동나무를 올려다본다

봉황은 오직 꿈속에만
날아오르는 새일까
꿈을 좇으면서 살아온
날들이 부질없기만 한 건지
나도 떨쳐낼 것들 다
떨구어낸 나목같이
겨우살이를 해야 할까

극도로 절제된 문장같이
말이 없는 말과도 같이

노신사

안락의자에 앉아 반눈을 뜬
노신사를 바라본다
그분의 눈길은 마음에 주어졌는지
이따금 환한 미소를 머금고
지그시 눈을 감기도 한다
가는 세월과 더불어 느리게
거슬러 오르거나 멈추어서는 건지
짐작해 볼 뿐이지만
그분의 마음자리가 부럽다

노신사가 몸을 일으킨다
감사의 기도가 끝난 것인지
나는 그 뒷모습에 눈을 가져간다
등 뒤로 밀려드는 저녁노을
그제야 나를 들여다본다

어떤 언약

오래 타고 다닌 뉴 체어맨*
이젠 올드 체어맨이다
너도 나이가 들었지만
내 나이는 너의 다섯 배다

언제 헤어지게 될는지 모르지만
날이 갈수록 네게 애착이 간다
너를 만나 좋은 일도 많았고
산전수전을 겪었기 때문일까
고장이 나면 고치고 다독이며
예까지 온 게 너만은 아니잖니

너와는 등을 돌리기가 싫다
가는 데까지는 너와
함께 달려가고 싶다
가다가 멈춰서 버릴 때까지

*승용차.

어떤 대화

— 아이언맨은 어떤 인물이지요?
— 자본의 노예라 할 수 있지

— 그럼, 스파이더맨은요?
— 가난의 노예가 아닐까

— 슈퍼맨은 노예인가요?
— 초인 콤플렉스 노예 같더군

— 베트맨은 어떻게 보세요?
— 트라우마에 저당잡힌 영혼의 노예랄까

— 헐크는 정의의 사나이 같지 않던가요?
— 정신 나갈 때만 초인이지

— 할아버지는 어떤 분이시지요?
— 줄에 달린 마리오네트 같아

— 왜 그렇게 생각하세요?
— 조종되는 인형 같거든

너털웃음 터뜨리는 노신사를
소년이 어리둥절 쳐다보고 있다

내포와 외연

내포와 외연은 안팎 관계나
외연에 따라 내포의 맛이 달라진다
막걸리는 불투명한 잔으로,
양주는 투명한 잔, 그것도
크리스털잔으로 마실 때 제맛이다
맥주도 유리잔이 제격이다

시는 어떤 내용을 담든지
형식이 그 맛을 낮추고 돋우어낸다
아무리 품격 높은 내용도
표현과 어우러지지 않으면
그 진가를 제대로 드러내지 못한다
형식은 그런 역할을 한다

크리스털잔으로 마시는 양주같이
내포와 외연이 잘 어우러진 시를
읽거나 쓰고 싶은 건 그때문이다

한결같이

마음 어둡고 무거워지면
꿈꾸는 나라로

외롭고 슬프고
괴로워도 꿈꾸는 나라로

세상이 거꾸로 돌아가도
꿈꾸는 나라로

꿈속의 세상에
닿기까지 꿈꾸는 나라로

꿈을 꾸다 쓰러질지라도
꿈꾸는 나라로

시 바깥에서도
한결같이 꿈꾸는 나라로

라 팔로마*

배가 떠나갈 때
나는 서러워 눈물 흘렸네
뱃전에 부서지는 내 마음,
은빛 날갯짓으로 낮게 선회하는
저 천사와 같은 비둘기는 알고 있겠지

먼 바다 섬처럼 점점 멀어져가는 그대,
떠나갈 수밖에 없는 그 아픔이
그대로 나의 아픔인 것을,
비둘기 오는 편에 사연을
죄다 전해주게나

외로울 때면 너의 창가에 서서
꿈꾸던 노래 들려주게

우리 노래를 들려주게
사랑스러운 그대, 함께 가리니

내게로 오라, 꿈꾸는 나라로
사랑스러운 그대, 함께 가리니
내게로 오라, 꿈꾸는 나라로

천사와 같은 비둘기의 은빛 날개,
꿈꾸는 나라로
함께 떠날 은빛 날개의 비둘기여

*흰 비둘기. 이라디에르가 작곡한 노래를 차용해 다른 시각으로 씀.

III

먼 길 1

창밖을 바라본다
물안개 사이로 빗금을 긋는 빗줄기,
가지를 붙잡고 있는 홍단풍 잎들도
우수수 떨어진다

호숫가에는 웬 왜가리 한 마리
한쪽 발을 들고 서 있다
나도 한쪽 발을 들고 창유리에 비친
나를 들여다본다
갈 길을 찾아 헤맨 지 오래되었건만
구겨진 길만 되돌아온다
나도 저 왜가리 같은 처지일까

집 생각이 스친다
스스로 나선 길이었는데 왜 이다지
떠밀려온 것만 같은 느낌이 드는지,
갈 길이 아득하다

먼 길 2

나를 넘어서야 내가 보일까
지나온 길들도 죄다 지워야 할까

그러고 난 뒤 바깥에서 바라봐야
내가 고대하던 내가 보일까

우리의 길

길은 끝나는 곳에서 새로 시작되고
새로이 시작하면 다시 끝난다고
길이 가르쳐 준다
아무리 애써 봤자
새롭게 출발했는데도 그 끝에서
다시 되돌아오게 된다는 사실을
길이 가르쳐 준다
돌아오면 다시 출발해야 하지만
도로에 불과할지라도 길을 간다
다시 길이 끝나면
길이 가르쳐 준다
가면 되돌아오고 오면 가는 게
우리가 걷는 길이라고 가르쳐 준다

다시, 비가悲歌 1

꽃이 지면 열매가 맺고
아침이 지나면 저녁이 오듯이
오면 가고 가면 온다
밤이 새벽을 잉태하고
씨앗이 꽃을 피우듯이
가면 오고 오면 이내 가지만
안 기다려도 돌아온다

하지만 한 번 간 사람은
아무리 기다려도 오지 않고
꽃이 지고 잎들이 진다
달이 가고 해가 저문다
바람 불고 눈보라 쳐도
차마 잊히지 않아 기다린다
밤이 가고 날이 밝는다

다시, 비가悲歌 2

바람은 어디로 가는지
나는 왜 이토록 목마르게
오지도 않을 사람을 기다리는지

때 이르게 흩날리는 눈발 사이로
얼비치다가 사라지고 마는
기억의 오래된 뒷모습

오래됐으므로 익숙한
이 마음을 어찌해야 할까
낮에 떴던 반달도 다 지워지고

감나무 가지에는 까치밥 하나
오지도 못할 사람 생각에
비우는 저물녘의 술잔

산당화山棠花

빨간 꽃잎이 요염하다
바람났던 명자 누나의 입술빛 같다
명자 누나가 바람난 건
산당화 때문이라고 들은 적 있는데
순박한 총각도 꼬여냈던
명자 누나의 도톰한 입술 모양 같다
담장 밖에서 옮겨 심었던
명자네 집 마당가의 산당화 한 그루
오랜 세월이 흘렀는데도
여전히 그 자리에 서서 꽃을 피울까
바람났던 두 사람은 지금
어느 하늘을 바라보며 살고 있는지
산당화 한창인 이 봄날엔
명자 누나 입술빛처럼 잊히지 않는
그 옛날이 마음 붙잡는다

떼죽나무꽃

땅을 내려다보던 떼죽나무꽃은
별을 닮아서일까
높은 곳에 자욱히 매달려서는
은은한 종소리도 낼 것만 같아
바라보고 있는데
땅으로 떨어진다
바람이 불자 떼지어 땅에 내려
향기 뿜어내며 별길을 만든다
별들 위를 걷듯이
황홀한 길을 걸어보게 해 준다

— 하늘에는 별, 땅에서는 꽃

초롱꽃

누구를 마중 나와 기다리는 걸까
날 저문 길모퉁이에서 소녀처럼
다소곳이 등불 켜 들고 있는 초롱꽃

나를 기다리는 게 아닌 줄 아는데도
왜 이렇게 가슴이 아리는 걸까
저승 간 누나가 생각나서 이럴까

날 저물어도 집으로 안 돌아오는
나를 찾아 초롱 들고 마중하던
누나는 일찍이 먼 세상으로 떠났다

누나 병구완을 위해 약초 구하려고
한 적이 한 번도 없어서 그럴까
초롱꽃 앞에 서면 가슴이 아프다

큰아우 생각

큰아우는 나와 막내아우를
못마땅한 눈으로 바라보곤 했다
술을 한 잔도 안 마시는 그는
왜 술을 마시는지 알 수 없다고 했다
언제나 제정신으로만 살아가는 그는
정신이 흐리고 나가게도 하는
술을 왜 술이 술을 부를 때까지
마시기도 하느냐고, 도무지
이해하지 못하겠다고 핀잔했다
하지만 나도 막내아우도 오래
바카스 신을 불러들이기 일쑤였고
술이 술을 부를 때도 적지는 않았다
막내아우는 저승에서도 지금쯤
술잔을 기울이고 있을지 모른다
그 모습이 떠오르기도 한다
술 못 마시는 큰아우는 지금도 가끔
술잔 앞의 형 생각도 하겠지

이제 나이도 그만하니 덜 마시라고
우려하는 큰아우에게는 늘 민망스럽다
그런 그도 이즈음 투병 중이라
술잔을 들다가 가슴이 먹먹해진다
쾌차를 비는 마음 간절하다

은수저

오래전에 세상 떠난 아가야

오늘은 불현듯 아침밥을 먹던

너의 작은 은수저가 생각난다

아침 출근길에 손 흔들며 인사하던

맑고 밝은 네 얼굴이 떠오른다

아득히 가고 없는 세월 저편의

네가 왜 생각나 눈앞이 흐려지는지

주사 부작용으로 갑자기 떠난

너의 주검 앞에서 몸부림치던

그날 그 한낮도 이젠 멀고 먼 옛날

잊힌 지도 오랜 줄 알았는데

밝고 맑은 그 얼굴 때문인지

네 은수저가 자꾸 생각난다

누이

누이가 저승 가던 날
소쩍새들은 유난히 슬피 울었다
누이는 어린 아들이 안쓰러워
차마 눈 감을 수 없었는지,
너무 기막혔던지, 눈을 뜬 채
다시 못 돌아올 먼 길을 떠났다
아들과는 생명마저
맞바꿀 정도였으니
그 막내가 그리도 소중했겠지만
손 꼭 잡은 채 가던 그 모습,
사반세기가 훨씬 지나도
잊힐 만하면 다시 어른거린다
그 어린애도 이젠 어른 됐는데
자기를 살리기 위해
목숨을 버려야 했던
어미의 그 마음 알고나 있을는지,
보라는 듯이 살아가고 있는지

오늘따라 앞산 소쩍새들은

그때처럼 유난히도 슬피 운다

그 울음 너머의 누이를 떠올리며

먼 하늘을 바라본다

음지 식물

내가 태어난 고향마을은 음지리,
철들면서도 응달에서만 자랐습니다
따스한 양지 쪽이 부러웠지만
제 분수에 맞게 음지에서 살았습니다

운명을 거역하려 하지도 않았습니다
음지 식물들이 살아가는 지혜에
눈뜨기도 했습니다
누군가 비료를 지나치게 주면
밀어내고, 빛이 쨍쨍 내리쬘 때는
그늘 쪽으로 몸을 낮췄습니다
그러다 보면 천천히
해가 서녘으로 기울곤 했습니다
음지 식물은 응달이 제격이었습니다

음지리를 벗어나서도 응달이었습니다
요즘은 더 짙은 그늘 속입니다

가끔 이 운명을 거역하고 싶다가도
마음 추스르며 그대로 있습니다

방황

또 하루해가 저물고 있다
달이 뜨지 않는 초저녁 길을 걷는다
야트막한 언덕을 넘어 호젓한 오솔길,
그 초입의 소나무에 기대선다

멀지 않은 못 물 위에 총총 뜨는 별들,
온 길로 되돌아갈까, 한참 주저한다
모자를 푹 눌러쓴 사람이
느린 걸음으로 내 곁을 지나쳐 간다

저 사람도 무슨 상심에 젖어 있는지,
나처럼 요즘 세상을 비껴서고 싶은지,
아니면, 실의에 빠져 방황하는 건지,

어깨 처져 가는 뒷모습이 안쓰럽다
그 사람이 안 보이게 되자
나도 어디로 갈까, 다시 망설인다

못 건너편 외딴 주막의 희미한 불빛,

그 불빛에 끌리듯이 걸어간다
세상사에 찌든 듯한 노신사 몇 분이
거나하게 취해 푸념을 늘어놓는다
그들 옆에 나도 끼어든다

배음背音

저녁 무렵 홀로 접어든 산길
멧새들의 간헐적인 지저귐
그 피치카토 창법의 배음은 바람소리다

등 굽은 소나무가 귀 기울이는지
허리를 조금 더 구부리는 것 같다

발치에 떨어져 흩날리는 가랑잎 소리는
스치는 바람이 연주한다
배음은 당연히 지는 노을이다

나는 오늘도 왜 이리 인적도 없는
산길에서 서성거리게 되는 것일까

날 저물자 발길을 돌리고 싶어도
잊히지 않는 상처 때문에
멀리 켜지는 마을의 불빛들마저 아프다

등 굽은 소나무가 허리를 더 굽혀
딱한 듯 나를 들여다보고 있을까

멧새들도 둥지에 들고 스산한 바람소리
발치에 뒹구는 가랑잎들은
스치는 바람에 끌려 다니고 있다

겨울 계수나무

다시 채우기 위해 비워낸 걸까
비울 것 다 비운 계수나무가
제자리에서 지긋이 허공을 끌어당긴다

조그마한 멧새 한 마리가 날아와 앉고
허공은 물끄러미 내려다본다
구름 그림자가 느릿느릿 지나가고

잿빛 열매 오종종한 쥐똥나무들이
이따금 계수나무를 쳐다본다
아직은 봄이 멀다고 귀띔하는 것일까

내년에 또다시 뿜어낼 캐러멜 향기를
쟁이느냐고 묻고 있는 걸까
계수나무는 마냥 묵묵부답이다

나는 때때로

때때로 나는
바람이 되고, 구름이 되고 싶다
나는 때때로
물이 되고, 새가 되고 싶다
때때로 나는
나무가 되고, 바위가 되고 싶다
그러나 나는
제자리를 마냥 그대로 지키면서도
하늘을 향해 팔을 쭉쭉 뻗고 싶다
날고 흐르며
새길을 만드는 새와 물이 되어
가고 오거나
스스로 길을 만들며 떠도는
구름과 같이
나는 때때로 그렇게 살고 싶다
바람과 같이.

숨비소리

들숨과 날숨 사이, 그 사이에는 죽음이 산다

잠시 숨을 멈추고 있는 사이

그 순간만큼의 목숨에는 죽음이 다가와 산다

누군가 산다는 건 죽어가는 것이라고 했지만

잠시 숨을 멈추고 있는 사이

그 순간만큼의 목숨에도 날숨과 들숨이 산다

들숨과 날숨이 살아 있지 않으면 숨을 못 쉰다

잠시 숨을 내쉬고 있는 사이

들숨 뒤 날숨이 죽음을 내보내는 걸 알게 된다

해녀들은 물질을 하다가 숨비소리로 돌아온다

잠시 숨을 내쉬고 있는 사이

그 휘파람 같은 소리는 목숨의 꽃을 피워 준다

나는 가끔 들숨 뒤에 날숨을 멈춰보기도 한다

내 숨만큼만 견디고 있다가

날숨을 내쉬면서 목숨의 숨비소리를 들어본다

코로나에게

너는 무엇 때문에 왔니
은밀하게 독 뿌리려 스며드니
물난리와 큰불, 허리케인과 딴판으로
소리 소문도 없이 이다지 지독하게
오만하고 불손한 우리의 탐욕,
그 끝장을 보려고 하니
온난화와 녹아내리는 빙하가
누구 탓인지도 모른다고 질책하니
물과 불, 태풍과 쓰나미로 타일러도
알아듣지 못한다고 그러니
우리를 깨우기 위해서
초죽음의 시험에 들게 하니
지구가 병들게 하는 우리를 저주하며
참고 참다가 올 수밖에 없었던 거니
급기야 가만히 침투해 와서
마스크 씌워 놓은 채
목숨들을 쥐락펴락 하는 거니

우리를 처벌하려고 온 것이 아니라
우리의 탐욕과 오만불손을 떨쳐내려,
눈뜨고 다시 귀 열게 하려고
맹장처럼 쳐들어온 거니
인정사정도 없이 무자비하게
푸른 하늘 불러오면 그만인 줄 아니
지구가 간절하게 구원을 요청해서
지구촌이 망가지려 하는데도
극약처방만 하는 중이니

거리 두기 1

나는 너와 거리를 두고
너는 나와 거리를 두는 동안
마음만은 안 멀어질 수 있을까
마음만은 더 가까워질 수 있을까
나는 그와 일정한 거리를 두고
그도 나와 그런 거리를 둬도
마음만은 안 멀어질 수 있을까
마음만은 더 가까워질 수 있을까
거리를 두는 것은 앞으로 더욱
가까워지기 위한 길이라고,
안 멀어지기 위한 거라고
우리 서로 거리를 두는데
언제까지 이대로 가야 할지
기약도 없고 알 길조차 없어서
가까운 적 없이 멀어진 사람들을
마스크 낀 채 바라봐야 할 뿐
오늘도 우리는 거리를 두고

발길 돌리는 코로나 바이러스와
영영 헤어지고 싶어 가슴 조일 뿐
너도 그도 제발 멀어지지 않고
거리도 이 벽도 다 허문 채
얼싸안을 날을 갈망하며,

거리 두기 2

집 나서면 거리 두기가 기본입니다
엘리베이터에서 사람을 만나도
내려서 이웃 사람과 마주쳐도
한두 발짝 비껴섭니다
눈인사를 하며 지나치면서도
마스크를 다시 매만져 보거나
지나친 사람을 뒤돌아보게 합니다

보이지도 않는 바이러스가
세상을 소리 없는 전쟁터로 바꿉니다
사람과 사람 사이를 벌리고
사이가 좋아지면 무슨 일이 일어날지
누가 누구를 무너뜨릴지도
바이러스밖에 아는 이들이 없습니다
이젠 사람들도 두렵습니다
지난날의 지기가 어느 날 등을 돌려
멍하니 바라봐야 했습니다

이런 세태에 길들어 그런 걸까요
뜰에 활짝 핀 영산홍 앞에서도
마스크 낀 채 거리를 둡니다
가까이 다가가려다가
나도 몰래 몇 발 물러섭니다
다가오면 거리를 두는 게 아예
버릇으로 굳어질까 두려워집니다

거리 두기 3

땅거미 내린 도회의 퇴근 시간
가로등이 제 발치를 물끄러미 내려다본다

마스크를 낀 사람들이 종종걸음으로
자기 그림자를 끌고 지나간다

오래전부터 붙박이듯 가로등 옆에 서 있는
저 사람은 일자리를 잃었을까
제 발치를 묵묵히 내려다보고 있다

마스크도 끼지 않은 그의 무표정한 얼굴,

거리 두기가 그에겐 비애 자체일까
질 나쁜 바이러스 때문에 잃은
일자리와의 먼 거리가 저토록 아픈 걸까

나름의 지레짐작일 따름이지만

아무래도 그런 것만 같아 안타깝다

거리 두기를 거둘 날이 언제쯤 오려는지,
마스크 낀 채 그를 바라본다

거리 두기 4

마스크를 끼고 마스크 끼고 지나가는
사람의 뒷모습을 바라본다
마스크와 마스크의 거리가 멀어진다

검은 마스크를 낀 사람이
나를 향한 듯 잰걸음으로 다가온다
나는 버릇처럼 비껴선다

안경에 서린 입김 너머로 그를 본다
적잖이 기다리던 사람인데
한갓 주먹인사를 나눌 수밖에 없다

그도 지친 표정이 역력하다
코로나 바이러스가 언제쯤 물러날지
언젠가 물러나기는 할 건지

마스크를 끼고 마스크 끼고 멀어지는

그의 뒷모습에 눈길을 준다
오늘도 별 수 없이 고도를 기다리며*

*사뮈엘 베케트의 희곡.

거리 두기 5

사람과 거리 좁히기가 두려워집니다
지난 이른 봄부터 다시 가을이 온
하늘 높은 날들인데도
사람들을 가까이하기 겁이 납니다
가깝던 몇몇 사람들이 등을 돌려서,
크고 깊은 상처를 안겨줘서일까요
코로나 바이러스보다
가깝던 사람들이 더 무서워집니다
꿈속에도 쳐들어와 목을 옥죄니까요

오랜 옛날 어머니는 머리털 검으면,
그런 짐승은 대개 베풀면 거꾸로
갚을 거라고 했지요
그 말을 한두 번 되씹지 않았으나
요즘은 뼈저리게 실감하고 있습니다
코로나 바이러스가 무색해질 만큼
사람들이 두렵습니다

상처가 아물지 않아 그렇겠지만
사람들 속에서 사람이 그립습니다

거리 두기 6

사람들과 거리를 둘수록 사람이 그립다

멀리 가버린 사람이 더욱 그리운 것은

좁힐 수 없는 거리 때문일까

가까웠던 사람들이 등 돌렸기 때문일까

오늘도 사람과 거리를 두면서

가까워질 사람이 잘 안 보여서 그럴까

사람들과 거리를 둘수록 사람이 그립다

거리 두기 7

유리벽 속의 나날, 기약 없는 이 감옥
이 감옥과 감옥 안쪽을
지난날의 풍경들이 들여다보고 있다
거리를 바짝 좁히면서
너와 나, 그와 나의 거리를 보고 있다
보이지 않게 멀어지는
우리의 거리를 안 보이는 바이러스가
기약 없이 벌리고 있다
우리는 투명한 유리벽 감옥에 갇혀서
지난날을 끌어당기지만
그 온전한 풍경들은 물러서기만 한다
안 보이는 침입자들이
너와 나, 우리의 거리를 잘 보이도록
가르고 또 갈라놓는다
유리벽 속의 나날, 기약 없는 이 감옥

사계四季, 2020

마스크를 끼고, 말에 마스크 채우고
집과 집 옆 글방을 오갔다
코로나 바이러스뿐 아니라
등 뒤로 날아드는 칼, 안 보이지만
꿈속에서도 잠을 깨게 하는
칼날 때문에 밤잠을 설쳤다

탈무드에서 읽은 물고기와 인간의
입이 자주 떠오르기도 했다
항상 입으로 낚이는 물고기,
입으로 걸리는 인간이지 않았던가
입 열고 싶어 돌 것 같아도
진실이 말을 해줄 때까지는
말에 마스크 채우고 있기로 했다

"저들이 무슨 짓을 하는지
모른다"고 한 사람의 아들,

그 십자가를 우러러 무릎을 꿇었다
저들이 하는 짓을 알아도
입 다물고 견디기로 했다
세상이 몰라주어도 참고 기다린다

걱정

이즘 세상 돌아가는 걸 보며
이러면 안 되는 거라고
못 돌아오는 다리 건너기라고
비판하는 사람들보다는
나중에 어찌 되든 먹고 보자고
곳간의 바닥이 드러나도
탈탈탈 다 털어 나눠 먹자는
사람들의 세상 같다고
걱정이 태산인 사람들보다는
배가 왼쪽으로 기울어
가라앉을 위험성이 크든 말든
편을 잘 가르기만 하면
그만이란 사람들 세상 같다고
질책하는 사람들보다는
그렇지 않은 사람들이 많다면
정말 큰일 날 것이라고
염려하는 사람이 많아지기를

바라는 마음 간절하지만
도무지 세상은 어디로 가는지
멈추지 않고 가고 있어
낭패 날 게 불을 보는 듯한데
세상만 바뀌면 된다고
자기네 세상이면 그뿐이라고
막가는 것이 아닐는지
아무래도 큰일인 것 같건마는
이 우려는 괜한 것이고
한갓 기우이기를 바라면서도
기우만은 아닐 것 같아
저어하는 마음 앞장서 가니
이 마음을 어째야 할지
저어만 하다 낭패를 본다면
그때는 또 어째야 할지
이래저래 걱정만 앞장설 뿐

외길

요즘 세상이 마음에 들지 않는다
좌지우지 세상 주무르는 사람들이
역겨워 되레 내게 문제가 있는지
생각해 보다가도 더 싫어지니 왜일까
같이 가던 사람들이 그리로 몰려가
내 눈에 문제가 있는지 다시 생각하다
제자리로 돌아오니 더 괴로워진다
괴롭고 슬퍼도 마냥 그대로 가려 한다
세상이 영영 달라지지 않을지라도
마음 안 내키는 길은 안 가려 한다
설령 벼랑에 이르는 길일지라도
오직 가고 싶은 길로만 가려 한다
아프고 외로워도 내처 가려 한다

마냥 이대로
— 이 또한 지나가리라(솔로몬)

마냥 이대로 가리
세상이 아무리 거꾸로 돌아가도
손바닥으로 하늘은 못 가릴 테니
마냥 이대로,
어제까지 가까웠던 사람이 오늘
등 돌려도 원망하지는 말아야지
그가 기회주의자라도
나도 그처럼 얼굴 바꿔버리거나
등에다 비수를 꽂지는 말아야지
이 또한 지나가리니
가다가 보면 좋은 날도 오겠지
속고 또 속더라도 참고 견디며
마냥 이대로,
해 지는 하늘에는 별들이 뜰 테니
다시 밝아오는 아침을 기다리며
마냥 이대로 가리

친구에게

안타까워하지 말게
늦가을 저물녘에 낙엽이 진다고
서러워하지만 말게

한겨울에 살아남기 위해 비우고
떨어뜨리며 내리는
저 나무들의 슬기를 들여다보게

내가 수모를 당한다고
그런 눈빛으로 보지 말게
시절이 수상할 땐 묵묵히
고난을 참고 견뎌야지

봄은 떠났던 길로 되돌아오듯이
지구가 돌아 때가 되면
새싹이 돋고 꽃들이 피어나리니

괴로워하지만 말게
내리막이 끝나면 오르막일 테니
그 길을 기다려 보세

밀과 가라지

저 가라지들을 어쩨야 할까
가라지가 밀 같고 밀이 가라지 같다
저희끼리는 알고 있을지라도
밀들은 이 독초와 함께 살아야 한다
생명력이 더 강한 가라지는
밀밭이 자기 밭인 양 거침없다
밀들을 밀치듯이 자라난다

그 누가 밀알들을 뿌렸으며
누가 가라지 씨앗들을 뿌렸던가
그래도 수확을 할 때까지는
가라지를 섣불리 솎아내서는 안 된다
밀알을 뿌렸던 밭의 주인이
알곡을 거둬들일 때까지 견뎌야 한다
밀들도 참고 기다려야 한다

오만에 대해

새는 살기 위해 개미를 먹지만
죽은 뒤엔 개미에게 먹힌다
나무 한 그루로 백만 개의
성냥개비를 만들 수 있지만
백만 그루 나무 태우는 데
성냥개비 하나로 가능하다
사람이 사는 일도 그와 같거니

때가 왔다고 나부대지 마라
때가 지나면 남는 게 무엇일는지
세상사 인생사도 새옹지마
오로지 시간만 힘이 셀 뿐
불타는 나무들과 죽은 새를 보라
그래도 오만할 수 있겠는지

악몽

또 악령이 따라붙는다
누가 나를 자꾸만 불러내지만
나는 더듬거리며 내 속으로,
나만의 그 지하로 내려간다
오래된 꿈은 악령 같은 것,
떨쳐내려 해도 따라들어온다
여태 지겹지도 않은지

누가 나를 거듭 부른다
그 부름도 악령과 다름이 없다
램브란트의 마지막 자화상,
그 그림을 보는 코코슈가도
어느새 지하로 숨어들었다
나는 이 악몽을 벗어나고 싶다
오래된 꿈도 내치고 싶다

유치한 소망

전깃줄에 걸려 있는 방패연이나
잡풀 흐드러진 빈집과 같이,

눈더미에 피는 눈새기꽃이나
보도블록 틈새의 풀꽃들같이,

생각들이 흔들리며 길항할 때
붙들어 어찌 다독여야 할지,

예쁜 눈새기꽃아, 풀꽃들아,
너희 가슴 내게도 포개어 주렴

ㅁ해설

삶의 지평에 펼쳐진 꿈의 현상학

이 진 엽(시인, 문학평론가)

ㅁ해설

삶의 지평에 펼쳐진 꿈의 현상학

이 진 엽(시인, 문학평론가)

1. 시인의 눈빛, 존재의 열림

시인의 눈빛이 대상을 향해 반짝일 때 서정시는 탄생한다. 의식 바깥의 세계를 지향하면서 시인의 눈빛이 끊임없이 대상과 관계 형성을 이룰 때마다 그 대상은 자아화되고 새로운 상징과 의미의 세계가 시를 통해 모습을 드러낸다. 시인의 활발한 의식 지향을 통해 이루어지는 이 존재의 자기 현시성顯示性으로 모든 대상들은 무의미에서 벗어나 현상학적 의미의 지평으로 이끌림을 받는다. 시인의 이 의식 투사投射가 자아와 삶의 현장으로 비춰질 때 시에서 실존의식과 현실인식으로 드러나며, 그 의식이 현실 저 너머의 세계로 나아가고

자 할 때 초월의식으로 나타난다.

시력詩歷 47년이라는 내공을 다져온 이태수 시인의 시세계는 이러한 의식의 지향성을 깊은 울림으로, 명징한 서정적 언어로 천착하고 있다. 특히 최근에 이르러서는 해마다 한 권의 시집을 상재해 왕성한 필력과 창작열을 놀랍게 보여주기도 한다. 이번에 출간된 시집에 나타난 시적 지향점을 하나의 선線으로 나타내 본다면, '실존', '현실', '초월(꿈)'이라는 세 꼭짓점을 유기적으로 연결하는 실선으로 그려질 수 있다.

'실존'은 일상적 삶 속에서 자아에 눈뜸이다. 그의 시에서는 이 실존의식이 내면에서 울려오는 근원적 자아의 부름에 응답하면서 깊은 사유와 함께 진솔한 언어로 드러난다. '현실'은 인간이 처한 현재적 삶의 상태인데 시인의 눈에 비치는 '현실'은 '햇살, 아침, 새싹' 등 밝은 면을 드러내기도 하지만, '상처, 방황, 음지, 감옥' 등에서처럼 어두운 정황을 나타내기도 한다. 시인은 이같이 기쁨과 슬픔, 빛과 어둠, 로고스와 파토스가 교차하는 현실을 예리하게 통찰하면서 그 심층을 파헤쳐 시화詩化하고 있다.

한편 '초월'은 이 어둡고 삭막한 현실을 벗어나 본연의 자아를 되찾으려는 꿈을 드러낸다. 그 까닭에서일까? 이태수 시인은 시를 통해 지속적으로 비상과 초월 의지를 꿈꾸고 있다. 이 꿈은 수직·하강 작용을 통해 역동적으로 드러난다. 그는 이번 시집에서 이 세 개의 축을 팽팽하게 밀거나 당기면서 더욱 울림이 큰 서정의 세계를 펼쳐 보인다. 이제 시인의 실존의식과 현실인식이 구현되는, 그리고 그가 간절히 꿈꾸고 있는 세계를 더 자세히 들여다보기로 하자.

2. 실존, 참된 자아 찾기를 위한 고뇌의 몸짓

인간의 이성에 대한 절대적 믿음에서 파생된 역사적 낙관주의는 현대 사회에서 그동안 일어난 두 차례의 세계대전과 예측불허의 자연재해, 전염병의 창궐 등으로 인해 회의에 부딪히게 되었다. 이 회의를 통해 세계 이해의 중심축이던 이성理性은 불신되고 '나'라는 실존의 자유의지가 생의 중요한 축으로 자리를 대신하게 되었다. 이 변화는 삶이 합리적으로 배열되는 선형구조가 아닌, 불규칙적 파행을 보이는 비선형구조와 같은 것임을 자각한 데서 비롯된 것이다. 따라서 현대 사회는 이항 대칭의 균형성이나 동일성이 아니라, 외부 환경이나 어떤 조건에 따라 물결의 출렁임같이 규정할 수 없는 카오스 현상에 의해 제어받고 있는 것처럼 느껴지기도 한다.

이런 불규칙적이고 불안정한 시대적 분위기 속에서 인간의 참된 자아는 숨어 버리고, 욕망과 위선으로 얼룩진 거짓 자아가 참된 자아처럼 행세하고 있다. 이태수 시인은 선善의 페르소나로 위장된 이 거짓된 자아의 세계에서 벗어나 은폐된 본질적 자아를 부단히 되찾기를 갈망한다. 그의 이번 시집에서도 이 근원적 자아 찾기를 위한 열망은 도처에서 산견된다. 세속과 통속성에 매몰된 일상적 자아가 아니라, 본래적 자아를 찾기 위한 시인의 자유의지가 여러 시편에서 맹렬히 타오르고 있다. 이 뜨거운 연소야말로 자아의 순수함을 회복하기 위한 열정이자 깨어 있는 현존재dasein로서의 몸짓으로 여겨진다.

내가 나를 기다리는 동안
바람이 옷자락을 흔들다 간다
비행기 한 대가 아득히 멀어진다
어느 하늘 아래 떠돌고 있는지
돌아올 수 없어서 그런지

나는 돌아오지 않는다

내가 나를 기다리는 동안
새 한 마리가 날아왔다 간다
나는 다가오다 말고 되돌아간다

허공에 멀겋게 떠 있는 낮달
해가 서산 위에 기울어도

나는 돌아오지 않는다

내가 나를 기다리는 동안
참다 못해 찾아 나서 보아도
끝내 내가 나를 만나지 못하면
그대로 되돌아오라는 것인지
나를 목마르게 불러 봐도

나는 돌아오지 않는다

—「나를 기다리며」 전문

시인은 '나'라는 두 자아 사이에서 참된 자아를 만나기 위해 목말라 하고 있다. 한 편의 심우도尋牛圖 안으로 전全 존재를 투영하듯, 시인은 붉은 먼지로 가득 찬 이 현세에서 일그러진 자아가 아니라, 훼손되지 않은 온전한 자아와 만나기를 꿈꾼다. 하지만 그 본연의 자아는 "비행기 한 대가 아득히 멀어진다 / 어느 하늘 아래 떠돌고 있는지"와 "내가 나를 기다리는 동안 / 새 한 마리가 날아왔다 간다 / 나는 다가오다 말고 되돌아간다"에서 보듯, 좀처럼 만날 수가 없다. 그래서 시인은 "나는 돌아오지 않는다"라는 말을 반복하면서 내적 고뇌를 토로하고 있다.

이때 시인의 인식에 변화가 일어난다. 이 변화는 참된 자아를 '기다린다'(1연)라는 피동형에서 벗어나 '찾아 나선다'(5연)라는 능동형으로 시인의 인식 태도가 바뀌는 데서 감지된다. 특히 "나를 목마르게 불러 봐도"라는 구절이 암시하듯 그의 자아 찾기는 더 적극적이고 절박한 목소리로 울려 퍼진다. 이런 태도는 "나를 넘어서야 내가 보일까 / 지나온 길들도 죄다 지워야 할까 // 그러고 난 뒤 바깥에서 바라봐야 / 내가 고대하던 내가 보일까"(「먼 길 2」)에서도 읽혀지듯이, 자기초일超逸을 통한 본질적 자아 찾기의 염원을 간절히 드러내 보인다. 비록 은폐된 본연의 자아는 쉽게 찾을 수 없지만, 시인은 항상 실존의 심층에서 울려오는 내면의 목소리에 귀를 기울인다. 이 귀 기울임은 존재의 열림에 대한 믿음에서 이루어진 것이다.

자아의 부름에 대한 이 같은 대응은 불교의 '범종 소리'를 제재로 한 다음 시를 통해 더욱 깊은 울림으로 전해진다.

범종 소리에 귀를 가져가면

내가 그 소리 안에 든다

내가 그 소리에 감싸여 솔숲을 지난다

멀리 갈수록 희미해지는 것은

범종 소리뿐 아니라 나도 마찬가지다

멀리서 희미하게 나를 부르는

저 소리는 솔숲을 거스르며 가듯 말 듯

범종 속으로 되돌아간다

내가 다시 그 바깥을 떠돈다

—「범종梵鐘 소리 2」 전문

범종이 타종될 때 울리는 그윽한 소리와 여운이 중생들의 마음을 심층까지 열어주듯이, 이 고즈넉한 울림을 통해 현세의 '나'를 부르는 내면의 목소리에 시인은 귀를 기울인다. 그 목소리는 다름 아닌 "범종 소리에 귀를 가져가면 / 내가 그 소리 안에 든다 / 내가 그 소리에 감싸여 솔숲을 지난다"에서 보듯, 무의식 깊이 내재된 또 다른 '나'의 부름이다. 즉 범종 소리와 시적 자아가 동일시 현상을 이룬다. 이 깊고 그윽하게 진동하는 청각적 심상은 시인에게 본연의 자아를 성찰하게 한다. 특히 '든다'라는 주동사에서 간파되듯이, 자아 성찰에 따르는 시인의 태도가 더욱 적극적인 모습으로 나타나고 있다는 점이 주목된다.

결국 "멀리서 희미하게 나를 부르는 / 저 소리"는 시인의 내면에서 부르는 양심의 소리 혹은 존재론적 외침이다. 목자가 어린 양의 울음소리를 알아듣듯이 시인은 M.하이데거가 말한 것처럼 '존재의 목동'이 되어 그 부름에 기꺼이 귀를 기울인다. 누구를 부른다는 것, 그것에는 상대적으로 응답이 따르게 마련이다. 그래서 그에 대한 응답으로 시인은 "내가 그 소리 안에" 들어가 "그 소리에 감싸여" 공명共鳴하면서 참된 자아와의 합일을 꿈꾼다. 물론 이 꿈은 "내가 다시 그 바깥을 떠돈다"에서처럼 쉽게 실현되지 못한다. 그것은 본질적 자아와의 만남이 얼마나 어려운 일인가를 반증해 준다. 하지만 내면의 부름에 적극 응답하는 시인의 태도는 적지 않은 의미를 부여한다. 즉 그 부름과 응답을 통해 시인은 '나'와 대상, 자아와 세계 사이를 끝없이 의식의 지향성으로 연결함으로써 현상학적 유의미한 관계를 이룬다.

이 같은 자아 성찰은 “눈 감고 또 내 속으로 들어간다 / 내가 어디 갔는지 / 오늘 역시 보이지 않는다 / 눈 뜨니 허공에 내가 떠 있다”(「어느 날」), “호숫가에는 웬 왜가리 한 마리 / 한쪽 발을 들고 서 있다 / 나도 한쪽 발을 들고 창유리에 비친 / 나를 들여다본다”(「먼 길 1」) 등에서도 어렵지 않게 확인된다. 이 성찰은 욕망하는 거짓 ‘나’가 아니라 영혼이 맑게 헹구어진 본연의 ‘나’를 찾기 위한 염원과 다르지 않다. 또한 세상사에 찌들고 관습화된 존재에서 생의 활력으로 충만한 새로운 존재로의 이행을 바라는 시인의 간절한 꿈을 나타낸 것이기도 하다.

그래서일까. 이태수 시인은 너무나 도구화되고 세속화되어 오염투성이가 되어버린 말言에 대한 경계를 늦추지 않는다. 본연의 자아 찾기는 말이 아니라 침묵 속에서 고요히 이루어진다는 것을 그는 누구보다 깊이 깨닫고 있다.

나는 나의 가장 깊숙한 곳,
내면의 고요한 공간으로 내려간다
내려간다기보다 들어서려 한다
그 내면에는 나의
온전한 모습이 자리잡고 있으며
아픔도, 슬픔도, 외로움도, 다정하게

친구가 되어 주고
우울증도 마찬가지일 거라고 믿는다
그렇게 믿으면서 들어서려 한다
들어서려 하기보다
완강하게 안간힘으로 들어간다
한 번도 가 보지는 못한 길이지만
그 고요를 향하여 들어간다

—「고요를 향하여」 전문

시인의 내면 깊숙이 감춰진 참된 자아는 침묵과 고요를 통해서만 만날 수 있다. 말을 통해서보다는 침묵으로 인간은 더욱 영혼의 깊은 곳을 응시할 수 있듯이, 침묵은 인간 존재의 근원을 통찰하게 하는 무언無言의 언어이다. 불교의 묵언 수행과 기독교의 향심向心기도는 모두 이 침묵과 고요를 통해 현세적 욕망을 비우고 참된 자아를 성찰하려는 발원發願을 나타낸다. 인류 사회에서 언어의 등장은 놀라운 순기능을 낳았지만, 솔기 없는 자연의 세계를 임의적으로 훼손하는 역기능도 파생시켰다. 언어를 통해 인간은 대상을 조작하거나 인위적인 힘을 가해 대상을 마음대로 변형하게 된 것이다. 이 인위성에서 벗어나 희언자연希言自然이라는 천연의 세계로 들어가기 위해서는 말을 버리지 않을 수 없다.

이 시에서도 그 점은 예외가 아니다. "나는 나의 가장 깊숙한 곳, / 내면의 고요한 공간으로 내려간다"에서 읽혀지듯, 시인은 말보다는 침묵과 고요를 통해 자아의 깊은 곳으로 내려가고 있다. 자아의 깊은 "그 내면에는 나의 / 온전한 모습이 자리잡고 있으며 / 아픔도, 슬픔도, 외로움도, 다정하게 / 친구가 되어" 주는 또 다른 본질적 자아가 기다리고 있다. 하지만 내면의 고요 속으로 자신의 실존을 적극 구현하기란 그리 쉬운 일이 아니다. 왜냐하면 이미 '우울증'과 같은 현세의 온갖 번민이 시인의 의식을 사로잡고 있기 때문이다. 이럼에도 불구하고 시인은 그 내면의 고요와 평화 속으로 "완강하게 안간힘으로 들어"가려고 혼신의 힘을 다한다. 이 같은 강렬한 시인의 의지는 참된 자아실현을 위한 깨어 있는 몸짓이자 주체적 결단이다.

침묵에 대해 보이는 시인의 이 지대한 관심은 "연원이 침묵인 말들은 어김없이 / 침묵으로 되돌아가고 만다 / 잎들이 나무에 매달리다 지듯이"(「침묵과 말」), "나도 떨쳐낼 것들 다 / 떨구어낸 나목같이 / 겨우살이를 해야 할까 // 극도로 절제된 문장같이 / 말이 없는 말과도 같이"(「과동過冬」) 등에서도 극명히 드러난다. 시인이 이처럼 말보다는 침묵에 온 마음을 기울이는 것은 구밀복검口蜜腹劍의 쓰디쓴 세상인심이 횡행하는 현실에서 말이 주는 상처와 위선으로부터 자신의 영혼과 순수함을 잃지 않으려는 의도로 보인다. 거짓 자아와 참된 자아가 서로 갈등하는 현실에서 시인은 어떻게 하면 자신의 원형적 본성을 되찾고 지켜갈 수 있는가를 지혜롭게 터득하고 있다.

3. 현실, 흔들리는 세상의 아픈 풍경들

인간은 누구나 사회 구성원으로 살아가는 동안 각자가 처한 현실과 맞부딪쳐야 한다. '현실'의 축자적逐字的 의미는 '현재 실제로 존재하는 사실이나 상태'를 뜻한다. 그러므로 현실에는 '현재'라는 시간성과 '상태'라는 정황성이 함께 혼효되어 있다. 현실의 이런 특성은 인간이 '동시대'에, 각자 개별적으로 던져진 '환경'이나 '여건'과 불가분의 관계를 가지고 있음을 의미한다. 그런데 그 현실에는 '현재'라는 시간만이 아니라 실존적 주체의 과거에 대한 기억과 미래에 대한 꿈이 의식의 흐름을 타고 함께 어우러져 있다. 이 때문에 현실의 이면에는 이 혼성화된 시간 속에서 체험된 인간의 희로애락과 다양한 흔적들이 퇴적층처럼 쌓여 있다. 따라서 이 시간의 퇴적층을 탐사하면서 한 겹씩 벗겨낼 때 그 시대를 살아간 사람들의 실존 양상을 엿볼 수 있다.

이태수 시인의 이번 시집에서도 이 현실은 여러 빛깔의 층으로 퇴적되어 밀도 있게 탐사되고 있다. 그는 자신이 처한 현실을 통해 상실의 아픔과 정신적 방황, 영혼의 상처와 소외감, 비판과 용서 등 다양한 심적 상태를 드러내 보인다. 이러한 복합 감정은 억누를 수 없는 정념처럼 그의 가슴을 흔들어 놓고 있지만, 반세기 동안 시를 써온 중진시인답게 그는 이 생의 파토스들을 내면 깊이 끌어들여 적절히 용해시키고 있다. 그의 현실 바라보기는 우선 '상실감'으로 드러난다.

①오래전에 세상 떠난 아가야

오늘은 불현듯 아침밥을 먹던

너의 작은 은수저가 생각난다

(중략)

주사 부작용으로 갑자기 떠난

너의 주검 앞에서 몸부림치던

그날 그 한낮도 이젠 멀고 먼 옛날

잊힌 지도 오랜 줄 알았는데

밝고 맑은 그 얼굴 때문인지

네 은수저가 자꾸 생각난다

—「은수저」 부분

②누이가 저승 가던 날
소쩍새들은 유난히 슬피 울었다
누이는 어린 아들이 안쓰러워
차마 눈 감을 수 없었는지,
너무 기막혔던지, 눈을 뜬 채
다시 못 돌아올 먼 길을 떠났다
아들과는 생명마저
맞바꿀 정도였으니
그 막내가 그리도 소중했겠지만
손 꼭 잡은 채 가던 그 모습,
사반세기가 훨씬 지나도
잊힐 만하면 다시 어른거린다

—「누이」 부분

이 두 편의 인용시는 모두 상실(죽음)의 아픔을 드러내고 있다. 그 상실감이 혈육과의 사별이라는 점에서 비극은 더욱 심화된다. 동일한 제목과 주제를 지닌 시(김광균, 「은수저」, 1946)를 떠올리게 하는 ①의 시는 "오래전에 세상 떠난 아가야"에서 느껴지듯, 일찍 세상을 떠난 어린 자식에 대한 쓰라린 기억과 추모의 정이 두드러진다. 시인은 "오늘은 불현듯 아침밥을 먹던 / 너의 작은 은수저"를 생각하면서 이별한 어린 혈육의 모습을 반추한다. 이 주체할 수 없는 비극과 애끓는 부성애는 '작은 은수저'라는 시각적 심상으로 클로즈업되어 더욱 슬픔을 심화시킨다. 어린 자식의 죽음의 원인은 "주사 부작용으로 갑자기 떠난"에서 파악되듯 의료사고로 보인다. 그러므로 애통함은 더할 수밖에 없다. 시인은 "너의 주검 앞에서 몸부림치"면서 절규해 보지만, 천지불인天地不仁이라는 노자의 말처럼 세월은 무정하게 흘러 참척慘慽의 그 고통은 시인의 가슴에 '은수저' 하나로 남아 화석의 문양처럼 찍혀 있다.

혈육 간의 사별에 대한 이 비극은 ②의 시에서도 아픈 음각으로 찍혀 나온다. 이 시에서 시집 간 '누이'는 비교적 젊은 나이에 세상을 떠난 것으로 유추된다. 이 죽음 앞에 "누이가 저승 가던 날 / 소쩍새들은 유난히 슬피 울었다"에서 보듯 시인은 형언할 수 없는 정한에 사로잡힌다. 특히 누이의 그 죽음이 “아들과는 생명마저 / 맞바꿀 정도였으니” 참으로 안타까운 운명이라 하지 않을 수 없다. 태아와 그 어머니(누이)의 목숨이 서로 위태로움에 처해 있을 때, 어머니는 그 태아를 세상에 내보내는 대신 자신이 죽음을 기꺼이 선택한 것이다. 얼마나 감동적인 이타적 사랑이며 살신성인의 모성애인가.

이와 같은 상실의 아픔은 “하지만 한 번 간 사람은 / 아무리 기다려도 오지 않고 / 꽃이 지고 잎들이 진다”(「다시, 비가悲歌 1」), “막내아우는 저승에서도 지금쯤 / 술잔을 기울이고 있을지 모른다 / 그 모습이 떠오르기도 한다”(「큰아우 생각」) 등에서도 목격된다. 이런 상실감은 결국 시인이 감내해야 할 현실이 죽음 앞에 무력할 수밖에 없는 실존의 한계상황을 드러낸 것이다. 또한 인간이 생명 의지를 다질수록 운명의 횡포를 피할 수 없다는 존재의 역설을 절실하게 나타낸 것으로도 보인다.

이태수 시인의 또 다른 현실 바라보기는 ‘존재론적 방황’의 모습으로 나타나기도 한다.

> 또 하루해가 저물고 있다
> 달이 뜨지 않는 초저녁 길을 걷는다
> 야트막한 언덕을 넘어 호젓한 오솔길,
> 그 초입의 소나무에 기대선다

멀지 않은 못 물 위에 총총 뜨는 별들,
온 길로 되돌아갈까, 한참 주저한다
모자를 푹 눌러쓴 사람이
느린 걸음으로 내 곁을 지나쳐 간다

저 사람도 무슨 상심에 젖어 있는지,
나처럼 요즘 세상을 비껴서고 싶은지,
아니면, 실의에 빠져 방황하는 건지,

어깨 처져 가는 뒷모습이 안쓰럽다
그 사람이 안 보이게 되자
나도 어디로 갈까, 다시 망설인다
못 건너편 외딴 주막의 희미한 불빛,

그 불빛에 끌리듯이 걸어간다
세상사에 찌든 듯한 노신사 몇 분이
거나하게 취해 푸념을 늘어놓는다
그들 옆에 나도 끼어든다

—「방황」 전문

시인은 하루해가 저무는 어느 날 "호젓한 오솔길"을 걸으면서 "소나무에 기대"어 서서 깊은 생각에 사로잡힌다. 그는 "멀지 않은 못 물 위에 총총 뜨는 별들"을 바라보면서 "온 길로 되돌아갈까, 한참 주저"하고 있다. 마침 시인의 앞을 스쳐가는 "모자를 푹 눌러쓴 사람"에게 "세상을 비껴서고 싶은" 자신의 감정을 이입하면서 "나도 어디로 갈까, 다시 망설"이고 있다. 길 위에서의 이런 서성임과 망설임은 "갈수록 먼 길을 / 정처도 없이 떠돌기만 하는 것일까"(「달에 구름 가듯이」)에서도 드러나듯이, 시인의 실존적 번민과 고뇌를 드러낸다.

인간은 인생의 여정에서 삶의 방향을 스스로 결정하고 결단해야 하는 존재이다. 하지만 이 여정에서 어떤 부정적 인자因子가 끼어들게 되면 사람들은 그때마다 좌절하거나 방황하기도 한다. 시인 역시 세상을 "비껴서고" 싶을 정도로 자신의 우울한 감정을 내보이면서 "어디로 갈까" 하고 주저한다. 다행히 이 망설임 끝에 시인은 "못 건너편 외딴 주막의 희미한 불빛"을 보고 이끌린 듯 따라간다. 그리고 "세상사에 찌든 듯한 노신사 몇 분이 / 거나하게 취해 푸념을 늘어놓는" 옆자리에 끼어든다. 세상과 일정한 거리를 두고 싶은 시인이 다시 세인들이 모여 푸념하는 장소로 들어가는 모습은 다소 아이러니컬하다. 이런 태도는 마치 E. 카네티가 말한 '접촉공포의 전도顚倒'(『군중과 권력』, 바다출판사, 2002)를 연상시킨다. 대인과의 접촉을 피하고 싶은 사람이 역설적으로 세인世

人들의 무리 속으로 들어갔을 때, 오히려 심적 방전放電이 일어나 삶에 대한 낯섦이 사라지고 일시적인 해방감을 느낀다는 것처럼.

그렇다면 시인에게 이 같은 정신적 방황을 하게 하는 원인은 무엇일까? 종심從心의 연륜을 훨씬 넘긴 시인에게 이런 방황은 전혀 어울리지 않는 것처럼 여겨진다. 여기에 대해서 시인은,

나는 오늘도 왜 이리 인적도 없는
산길에서 서성거리게 되는 것일까

날 저물자 발길을 돌리고 싶어도
잊히지 않는 상처 때문에
멀리 켜지는 마을의 불빛들마저 아프다

—「배음背音」 부분

라고 말하면서 그 방황의 이유가 "잊히지 않는 상처 때문"이라는 것을 밝히고 있다. 따라서 시인의 방황은 흔히 말하듯 삶의 목표나 정신적 중심축의 상실에서 오는 것이 아니라, 세인들의 위선과 인간적 배신 등에서 빚어진 절망감과 상처에서 온 것이다. 그래서일까. 이번 시집에서는 '머뭇거린다',

'서성거린다', '떠밀려온다', '끌려다닌다' 등의 부정적 행위 동사가 자주 목격된다.

이태수 시인의 이런 현실 바라보기는 최근 전 세계에 불어닥친 '코로나 19의 광풍'을 제재로 하는 연작시에서 더욱 우울한 풍경으로 나타나고 있다.

①우리 서로 거리를 두는데
언제까지 이대로 가야 할지
기약도 없고 알 길조차 없어서
가까운 적 없이 멀어진 사람들을
마스크 낀 채 바라봐야 할 뿐
오늘도 우리는 거리를 두고
—「거리 두기 1」 부분

②이런 세태에 길들어 그런 걸까요
뜰에 활짝 핀 영산홍 앞에서도
마스크 낀 채 거리를 둡니다
가까이 다가가려다가
나도 몰래 몇 발 물러섭니다
—「거리 두기 2」 부분

③오래전부터 붙박이듯 가로등 옆에 서 있는
저 사람은 일자리를 잃었을까
제 발치를 묵묵히 내려다보고 있다

마스크도 끼지 않은 그의 무표정한 얼굴,

거리 두기가 그에겐 비애 자체일까
질 나쁜 바이러스 때문에 잃은
일자리와의 먼 거리가 저토록 아픈 걸까
—「거리 두기 3」 부분

2020년 새해, 코로나 19의 쓰나미는 시인이 거주하고 있는 분지의 도시를 뒤덮었을 뿐만 아니라 전국적, 세계적으로도 확산되어 이른바 전 인류는 팬데믹 현상에 빠지게 되었다. 사람들은 심각한 공포와 불안에 휩싸였고 거리는 마치 대피령이 내린 것처럼 인적이 뜸해지는 현상이 반복되었다. 그 결과 ①에서 보듯 사람 사이의 단절감과 대인 접촉 기피증이 만연하게 되었고, 시인은 "가까운 적 없이 멀어진 사람들을 / 마스크 낀 채 바라봐야 할 뿐"이라는 현실에 안타까워하고 있다. 이 단절감은 사람 간의 문제에만 그치는 것이 아니라 ②에서처럼 인간과 자연의 단절이라는 상태까지 이르게 했다. 시인은 "뜰에 활짝 핀 영산홍 앞에서도 / 마스크 낀 채 거리를 둡니다"라고 되뇌면서 무의식화되어 버린 대상 기피증을 적나라하게 보여준다.

또한 이 코로나 19의 폐해는 관계 단절의 문제에 그치는 것이 아니라 ③에서 보듯 심각한 경제적, 사회적 문제로까지 파생되고 있다. 이 사실은 "저 사람은 일자리를 잃었을까 / 제 발치를 묵묵히 내려다보고 있다"와 "질 나쁜 바이러스 때문에 잃은 / 일자리와의 먼 거리가 저토록 아픈 걸까"라는 구절에서 여실히 드러나고 있다. 시인은 역병이 창궐하는 현실을 직시하면서, 사회 불평등으로 빚어질 인간 소외에 대해 깊은 우려감을 피력하고 있다.

그런데 이 같은 사람 사이의 단절감은 또 다른 문제로 인해 시인에게 깊은 상처를 남기게 된다.

마스크를 끼고, 말에 마스크 채우고
집과 집 옆 글방을 오갔다
코로나 바이러스뿐 아니라
등 뒤로 날아드는 칼, 안 보이지만
꿈속에서도 잠을 깨게 하는
칼날 때문에 밤잠을 설쳤다

탈무드에서 읽은 물고기와 인간의
입이 자주 떠오르기도 했다
항상 입으로 낚이는 물고기,
입으로 걸리는 인간이지 않았던가
입 열고 싶어 돌 것 같아도
진실이 말을 해줄 때까지는
말에 마스크 채우고 있기로 했다

"저들이 무슨 짓을 하는지
모른다"고 한 사람의 아들,
그 십자가를 우러러 무릎을 꿇었다
저들이 하는 짓을 알아도
입 다물고 견디기로 했다
세상이 몰라주어도 참고 기다린다

—「사계四季, 2020」 전문

시인은 '마스크'를 끼지만 '입'이 아니라 '말'에 마스크를 채우고 자신의 글방을 오가고 있다. 인간 사회에서 모든 불화와 갈등의 단초가 되는 것이 바로 입에서 발화되는 말이다. 그래서 성경에도 "사람의 혀가 파멸을 가져온다"(「집회서」 5,13)라고 하여 말에 대한 경계를 하고 있지 않는가. 그렇다면 시인은 왜 이 펜데믹 시대에 입이 아니라 말에 마스크를 채우려 할까? 여기에 대해 시인은 "코로나 바이러스뿐 아니라 / 등 뒤로 날아드는 칼, 안 보이지만 / 꿈속에서도 잠을 깨게 하는 / 칼날 때문에 밤잠을 설쳤다"라고 하면서 그 연유를 밝히고 있다. 시인은 최근 "등 뒤로 날아드는 칼"에 맞은 듯 모某 시인상과 연루된 인간적 수모와 억울함, 그리고 깊은 상처를 받은 적이 있다.

이 사실은 "가까웠던 사람들이 등 돌렸기 때문일까 / 오늘도 사람과 거리를 두면서"(「거리 두기 6」), "내가 수모를 당한다고 / 그런 눈빛으로 보지 말게"(「친구에게」), "또 악령이 따라붙는다 / 누가 나를 자꾸만 불러내지만"(「악몽」) 등에서도 여러 번 드러나고 있다. 이 아린 상처로 인해 시인은 불면으로 밤을 지새울 정도로 괴로워하거나 분노에 사로잡히기도 한다.

현실에서 모든 아픔은 타자에 대한 배려 없이 남발된 뒤틀려지고 일그러진 시니피앙의 폐해에서 온 것이다. 그래서 시인은 '탈무드'에서처럼 세상 사람들은 결국 "항상 입으로 낚이는 물고기, / 입으로 걸리는 인간"과 같음을 깨닫고, "진실이 말을 해줄 때까지는 / 말에 마스크 채우고 있기로 했"던 것이다. 하지만 시인은 그 수모와 상처를 준 자들에 대해 즉각적인 대응이나 분노를 표출하지는 않는다. 그는 "사람의 아들"(예수 그리스도)이 매달린 "그 십자가를 우러러 무릎을 꿇"

고 "저들이 하는 짓을 알아도 / 입 다물고 견디기로" 하면서 진실이 밝혀질 때까지 참고 기다리고자 한다. 십자가의 희생제의犧牲祭儀처럼 절대자 앞에 개인적 양심을 번제물로 바쳐 연소시키면서 시련을 초극하고자 하는 시인의 태도가 깊은 감명으로 다가온다.

이런 양심의 작용 탓일까? 시인은 자신이 몸담은 현실과 지역 문단의 풍향에 대해서도 시니컬한 태도를 보이기도 한다. 그는 "도무지 세상은 어디로 가는지 / 멈추지 않고 가고 있어 / 낭패 날 게 불을 보는 듯한데 / 세상만 바뀌면 된다고 / 자기네 세상이면 그뿐이라고"(「걱정」), "요즘 세상이 마음에 들지 않는다 / 좌지우지 세상 주무르는 사람들이 / 역겨워 되레 내게 문제가 있는지"(「외길」), "때가 왔다고 나부대지 마라 / 때가 지나면 남는 게 무엇일는지 / 세상사 인생사도 새옹지마"(「오만에 대해」)라고 하며 날카로운 비판을 가하기도 한다. 하지만 현실적 문제에 대한 시인의 궁극적 태도는 앞서 언급한 것처럼 참고 기다리며 희망의 빛을 기다리는 것이다.

마냥 이대로 가리
세상이 아무리 거꾸로 돌아가도
손바닥으로 하늘은 못 가릴 테니
마냥 이대로

어제까지 가까웠던 사람이 오늘
등 돌려도 원망하지는 말아야지
그가 기회주의자라도
나도 그처럼 얼굴 바꿔버리거나
등에다 비수를 꽂지는 말아야지
이 또한 지나가리니
가다가 보면 좋은 날도 오겠지
속고 또 속더라도 참고 견디며
마냥 이대로
해 지는 하늘에는 별들이 뜰 테니
다시 밝아오는 아침을 기다리며
마냥 이대로 가리

—「마냥 이대로」 전문

용서는 신적 사랑이라는 말처럼 인간의 불완전한 심성으로서는 타자의 잘못을 용서하기가 힘들다. 이 고통스러운 결단에 대해 시인은 그래도 "어제까지 가까웠던 사람이 오늘 / 등 돌려도 원망하지는 말아야지 / 그가 기회주의자라도 / 나도 그처럼 얼굴 바꿔버리거나 / 등에다 비수를 꽂지는 말아야지"라고 하며, 그동안 수모와 상처를 준 사람들까지 포용하려고 한다. 이 관용과 더불어 시인은 "다시 밝아오는 아침을 기다리"면서, 상처도 아픔도 없는 새로운 삶의 지평이 어두운 현실 저편에서 활짝 열리기를 소망하고 있다.

4. 초월, 자연 통한 꿈꾸기와 존재 전환 의지

꿈을 모티프로 하는 현실 초월 의지는 지금까지 이태수 시인이 상재한 시집들에서 지속적으로 목도되는 시세계의 중요한 축이다. 이 시집에서도 '꿈꾸는 나라로'라는 표제가 암시하듯이 초월 의지는 돌올한 빛깔로 여기저기 나타나고 있다. 초월은 인간이 고착화된 경계에서 벗어나고자 할 때 구현되는 의식작용이다. 현실의 모순과 시련이 가속화될수록 인간의 의식은 새로운 세계를 부단히 지향하며 자신이 꿈꾸는 나라로 안착하고자 한다. 인간이 자유의지를 지닌 한, 고착화된 현실의 부조리에서 벗어나 끊임없이 자기 초월을 꿈꾼다. 특히 시인은 자기 내면에서 부르는 본질적 자아의 목소리에 응답하며 초월을 갈망한다.

이태수 시인에게 있어서 초월은 어느 먼 별나라로의 일탈이 아니라, 궁극적으로는 참된 자아를 되찾고 자기 동일성을 회복하려는 실존의 의식 활동을 뜻한다. 삭막한 현대 사회에서 모든 것이 물화物化된 즉자처럼 생명을 잃어갈 때, 시인은 대자적 존재로서의 자유의지를 실현하면서 실존적 한계상황을 초극해 가고 싶은 것이다.

그런데 이 초월 의지가 그의 시에서는 항상 자연 심상과 더불어 구현되고 있다는 점에 주목된다. 자연은 인간의 인위적 힘이 가해지기 전의 순수한 원형적 세계이다. 따라서 욕망과 이해타산으로 오염된 현실에서 내면의 상처가 깊어갈수록 시인은 이 자연으로 의식을 지향하여 생의 열락悅樂과 안식을 되찾고자 한다.

①눈길을 걸으면서 봄을 기다린다

빈 나뭇가지에 앉아 지저귀는
작은 새가 왜 이리 마음 설레게 할까

나무들 사이 눈을 헤집으며
봄을 끌어당기고 있는 눈새기꽃들
—「봄 마중 1」 부분

②단 한 번도 이 마을을 떠난 적 없이
말없는 말을 하는 포구나무의
이 푸근한 그늘,
먼 파도 소리를 지그시 당기듯

나를 붙들어 깃들게 하는 품속 같다

—「여름 포구나무」 부분

③마을 향해 발길을 돌리는데도
어둠살 뒤집어쓰고 있는 구절초들은
예불 소리에 귀를 가져다대니
발치에 차이는 낙엽인들
무심하게 뒤채기만 할까
풍경 소리가 점점 멀어지지만
하룻밤 머물 마을 또한 낯설진 않다

—「그윽한 풍경」 부분

시인이 자연을 통해 느끼는 태도는 기쁨과 아늑함, 그리고 낯설지 않은 정감이다. 우선 ①의 시를 보면, 시인은 겨울의 시련에서 벗어나 봄을 기다리면서 "빈 나뭇가지에 앉아 지저귀는 / 작은 새가 왜 이리 마음 설레게 할까"라고 하며 존재의 '설렘'을 느낀다. 한 편의 수채화 속으로 들어간 듯 봄꽃들과 나무들이 맑은 숨을 쉬고 있는 숲속은 시인의 훼손된 자아를 치유하는 공간처럼 느껴진다. 또한 ②의 시에서 시인은 자연을 통해 모성애적 포근함을 체감한다. 그는 여름의 "포구나무" 그늘 아래서 "먼 파도 소리를 지그시 당기듯 / 나를 붙들어 깃들게 하는 품속 같다"고 하면서 존재의 안온함을 느끼고 있다. 뿐만 아니라 ③의 시에서는 그윽한 시골 마을에서 "구절초"와 "낙엽"과 "풍경 소리"가 어우러진 자연 풍경 속으로 들어가면서 "하룻밤 머물 마을 또한 낯설진 않다"라고 하며 친화감을 보여주고 있다. 자연을 통한 이러한 설렘과 안온함, 친화감은 시인의 내면에 잠재된 바이오필리아 biophilia 즉 녹색 회귀증을 드러낸 것으로 보인다. 그는 현실에서 금이 가고 찢어진 자아를 자연으로 적극 투영함으로써 천연의 푸른 넝쿨로 봉합하고자 한다.

이같이 자연을 매개로 하는 시인의 현실 초극 의지는 '꿈'을 통한 존재 전환의 몸짓으로 더욱 인상 깊게 나타나고 있다.

깊은 산골짜기 밀림에 깃들면

찰나와 영원이 하나 같다

지나간 시간도 다가오는 시간도

함께 어우러져 있는 것만 같다

울창한 나무 그늘에서 흔들리는

나는 조그만 풀잎 하나

꿈꾸다 꿈속에 든 풀잎 하나
　　—「풀잎 하나」 전문

시인이 문명의 때가 묻지 않은 원시의 자연으로 들어서는 순간, “찰나와 영원이 하나 같”고 “지나간 시간도 다가오는 시간도 / 함께 어우러져 있는 것만 같”은 생각에 빠져든다. 자연은 인간의 이해타산으로 분절된 세계가 아니라 ‘찰나’와 ‘영원’, 과거와 현재와 미래가 미분화된 상태를 보이는 융합된 세계이다. 이 천연의 순수한 ‘밀림’은 원시의 싱그러운 숨결이 혼돈 미만해 있는 카오스의 세계이다. 이 세계는 기만도 위선도, 탐욕도 단절도, 삶의 낯섦도 없는 곳이다. 이 원융圓融의 세계에서 시인은 지금까지 현실에서 상처받고 훼손된 자아에서 벗어나 “울창한 나무 그늘에서 흔들리는” 아주 “조그만 풀잎 하나”가 되기를 소망한다. 그 바람은 “꿈꾸다 꿈속에 든 풀잎 하나”에서 느껴지듯이 ‘꿈’을 통해 자신의 존재를 ‘풀잎’으로 전환한다. 이 존재 전환의 몸짓은 인간과 자연의 완전한 동화를 꿈꾸는 것과 다르지 않다. 이 동화의 꿈을 통해 시인은 욕망과 상처로 얼룩진 현세의 어두운 그늘에서 벗어나 자연이 주는 내적 평화를 누리고자 한다.

꿈을 매개로 하는 이러한 초월 의지에 대해 이태수 시인은 특히 이전부터 상승과 하강 구조를 즐겨 이용하면서 절묘한 대비 효과를 나타내고 있다.

①외로울 때면 너의 창가에 서서
꿈꾸던 노래 들려주게

우리 노래를 들려주게
사랑스러운 그대, 함께 가리니

내게로 오라, 꿈꾸는 나라로
사랑스러운 그대, 함께 가리니
내게로 오라, 꿈꾸는 나라로

천사와 같은 비둘기의 은빛 날개,
꿈꾸는 나라로
함께 떠날 은빛 날개의 비둘기여
—「라 팔로마」 부분

②맑고 깨끗한 마음의 근원은
오르는 데 있지 않다고,

누군가
물이 흐르는 것과 같이
내려가는 데 있다고 했던가

무장산 계곡을 내려오는데
물소리, 은피리, 안 들리는 피리소리,
황혼의 나무 그림자들이 발길을 늦춘다
그윽하게 마음이 맑아지려면 비우고
내려야겠다는 생각도 한다

—「무장산鍪藏山 계곡」 부분

꿈과 결부된 시인의 초월 의지는 ①의 경우 '비둘기'라는 자연 심상의 매개체를 통해 상승작용으로 나타나고 있다. 이 꿈의 상승작용은 시인의 다른 시집 『꿈속의 사닥다리』(문학과 지성사, 1993) 등에서도 이미 지속적으로 언표된 바 있다. 그런데 이 시는 세계적으로 잘 알려진 스페인의 작곡가 S. 이라디에르의 노랫말을 시인이 개사한 것이다. 쿠바의 아바나 항구를 배경으로 한, 남녀 이별의 안타까운 사연을 담고 있는 이 연가풍의 노랫말은 시인을 통해 현실 초월의 꿈을 담은 시로 다시 새롭게 탄생하게 되었다. 시인은 상처와 우울함으로 가득 찬 황량한 현실에서 벗어나 "천사와 같은 비둘기의 은빛 날개"에 실려 '꿈꾸는 나라'로 비상하고 싶은 소망을 반복적으로 되뇌고 있다. 특히 '함께'라는 부사가 암시해 주는 것에 주목된다. 그것은 순수한 자연의 상징물인 '비둘기'와 더불어 꿈의 나라로 비행함으로써, 실존적 고독에서 일탈하고 싶은 간절한 염원을 드러낸 것으로 보인다.

한편, ②의 경우는 '물'이라는 자연 심상을 통해 시인의 꿈이 하강작용으로 나타나고 있다. 상선약수上善若水라는 노자의 말대로 물은 아래로 내려갈 때 그 본연의 도道를 드러낸다. 물의 이미지를 통한 꿈의 하강작용은 시인의 다른 시집 『물속의 푸른 방』(문학과지성사, 1986) 등에서도 이미 오래전부터 확인되고 있다. 시인은 "맑고 깨끗한 마음의 근원은 / 오르는 데 있지 않다"라고 하면서 인생에서 '내려감'의 중요성을 강조하고 있다. 꿈의 상승작용은 자칫 욕망의 파국으로 치달을 수 있기 때문이다. 그것은 이카로스 증후군처럼 끝없이 탐욕을 추구하다가 생의 밑바닥으로 추락할 수 있는 위험을 내포하고 있다. 따라서 시인은 "무장산 계곡"을 내려오면서 "그윽하게 마음이 맑아지려면 비우고 / 내려야겠다는 생각"을 하며, 현실 초월은 상승만이 아니라 비움空과 내려옴降을 통해서도 구현될 수 있음을 깨닫게 해준다.

이 같은 꿈의 상승과 하강작용은 그의 다른 시, "꿈결 같은 물소리, / 나도 지그시 눈 감고 따라간다 / 반눈을 뜨고 마음 가라앉히고 있으면 // 시름들이 물소리에 떠 있다"(「물, 물소리」), "나는 때때로 / 물이 되고, 새가 되고 싶다 / 때때로 나는 / 나무가 되고, 바위가 되고 싶다"(「나는 때때로」), "그는 이 산중 암자에서 / 얼마간 수행하고 하산하는 것일까 / 어떻게 비우고 내려놓은 뒤 얼마나 채워서"(「수묵화 속으로」) 등에서도 잘 드러나 있다. 황량하고 쓸쓸한 삶의 한 지평에서 상승과 하강의 끈을 팽팽히 밀고 당기며 자아의 꿈을 구현해 가려는 시인의 태도에서 생의 활력과 치열한 시정신을 엿보게 한다. 현실의 희로애락에 견인되어 살아가는 모든 사람들, 그들은 운명적으로 오름과 내려옴의 교차점에 서서 매 순간 자아를 실현해 가야 하는 것이다.

꿈을 모티프로 한 시인의 초월 의지는 다음 시에서 마침내 극대화되면서 큰 반향을 불러일으키게 한다.

마음 어둡고 무거워지면
꿈꾸는 나라로

외롭고 슬프고
괴로워도 꿈꾸는 나라로

세상이 거꾸로 돌아가도

꿈꾸는 나라로

꿈속의 세상에
닿기까지 꿈꾸는 나라로

꿈을 꾸다 쓰러질지라도
꿈꾸는 나라로

시 바깥에서도
한결같이 꿈꾸는 나라로

—「한결같이」 전문

2행 6연으로 구성된 이 시는 각 행과 연의 배열, 낱말 배치에 있어서 시인의 치밀한 전략이 돋보인다. 이러한 전략으로 인해 이 시는 각 연과 행이 반사적 대칭 구조를 보이면서 리드미컬한 음률로 읽혀져 시의 내용을 한결 감동적으로 전달받게 한다. 시인은 자신이 꿈꾸는 나라로 가기 위해 간절한 소망에 사로잡히고 있다. 그는 "마음 어둡고 무거워지"거나 "외롭고 슬프고 / 괴로워"질 때, 아니면 "세상이 거꾸로 돌아가" 우울해질 때면 "꿈꾸는 나라로" 가자고 반복적으로 토로하고 있다. 시인은 욕망과 위선, 슬픔과 상처로 얼룩진 현실에서 벗어나 인간의 순수가 훼절되지 않은 꿈의 세계로 안착하고 싶은 것이다.

S. 프로이트에 의하면 꿈은 인간의 내면에 억압된 소망들로 구성돼 있는 무의식적 활동의 결과물이다. 따라서 시인이 현실 초월을 꿈꾼다는 것은 시의 언어로 발화된 현재몽現在夢 속에 시인이 진정으로 꿈꾸는 것이 잠재몽潛在夢으로 자리 잡고 있다는 뜻이다. 이 잠재몽이 상징하는 것을 분석해 보면 시인이 얼마나 현실에서 실존적 아픔과 고독을 느꼈으며, 얼마나 간절하고 집요하게 '꿈꾸는 나라'로 가고 싶은 소망을 품고 있었는가를 알 수 있다. 이 미지의 세계는 시인의 마음 깊이 내재된 고요하고 평화로운 영혼의 처소이다. 그러므로 시인이 초월의 꿈을 꾼다는 것은 결국 내면에 은폐된 순수한 자아를 회복하려는 강렬한 의지를 나타낸다.

이태수 시인의 이 열일곱 번째 시집은 반세기에 가까운 시력이 말해 주듯이, 깊은 사유와 울림으로 충전된 삶의 철학을 명징하게 구현하고 있다. 우울한 실존의 한계상황 속에서도 아프게 음각된 영혼의 상처를 외롭게 어루만지며, 시인은 꿈을 통한 초월 의지를 결코 포기하지 않는다. 때로는 상실감과 단절감으로, 때로는 삭막한 현실의 부조리에 그의 실존은 높낮은 파동으로 흔들리기도 하지만, 싱그러운 자연과 부단히 숨결을 나누면서 훼손된 자아의 동일성을 회복하려는

끈질긴 노력을 멈추지 않는다. 이 혼신의 몸짓이야말로 낯선 생의 지평에서 모든 번민과 고뇌를 판단중지해 내면의 괄호 안에 넣은 다음, 삶을 새롭게 투사하고 껴안아 보려는 꿈의 현상학임이 분명하다.

이태수 시인

1947년 경북 의성에서 출생, 1974년 《현대문학》을 통해 등단했으며, 《자유시》 동인으로 활동했다. 시집 『그림자의 그늘』(1979, 심상사), 『우울한 비상의 꿈』(1982, 문학과지성사), 『물속의 푸른 방』(1986, 문학과지성사), 『안 보이는 너의 손바닥 위에』(1990, 문학과지성사), 『꿈속의 사닥다리』(1993, 문학과지성사), 『그의 집은 둥글다』(1995, 문학과지성사), 『안동 시편』(1997, 문학과지성사), 『내 마음의 풍란』(1999, 문학과지성사), 『이슬방울 또는 얼음꽃』(2004, 문학과지성사), 『회화나무 그늘』(2008, 문학과지성사), 『침묵의 푸른 이랑』(2012, 민음사), 『침묵의 결』(2014, 문학과지성사), 『따뜻한 적막』(2016, 문학세계사), 『거울이 나를 본다』(2018, 문학세계사), 『내가 나에게』(2019, 문학세계사), 『유리창 이쪽』(2020, 문학세계사), 시선집 『먼 불빛』(2018, 문학세계사), 육필시집 『유등 연지』(2012, 지식을 만드는 지식), 시론집 『여성시의 표정』(2016, 그루), 『대구 현대시의 지형도』(2016, 만인사), 『성찰과 동경』(2017, 그루), 『응시와 관조』(2019, 그루), 『현실과 초월』(2021, 그루) 등, 미술산문집 『분지의 아틀리에』(1994, 나눔사), 저서 『가톨릭문화예술』(2011, 천주교 대구대교구) 등을 냈다. 매일신문 논설주간, 대구한의대 겸임교수, 대구시인협회 회장, 한국신문방송편집인협회 부회장을 지냈으며, 대구시문화상(1986), 동서문학상(1996), 한국가톨릭문학상(2000), 천상병시문학상(2005), 대구예술대상(2008), 상화시인상(2020), 한국시인협회상(2021)을 수상했다.

꿈꾸는 나라로
이태수 시집

발행일
2021년 2월 5일 초판 1쇄
2021년 5월 28일 초판 2쇄

지은이 ● 이태수
펴낸이 ● 김종해
펴낸곳 ● 문학세계사
출판등록 ● 1979. 5. 16. 제21-108호

주소 ● 서울시 마포구 신수로 59-1(04087)
대표전화 ● 02-702-1800
팩스 ● 02-702-0084
이메일 ● mail@msp21.co.kr
홈페이지 ● www.msp21.co.kr
페이스북 ● www.facebook.com/munsebooks

ISBN 978-89-7075-989-0 03810